Título original: *I will love you anyway*
Publicado inicialmente en Reino Unido, en 2015, por Hodder & Stoughton,
un sello de Hachette Children's Books

Del texto © Mick Inkpen, 2015
De las ilustraciones © Chloë Inkpen, 2015

De la traducción © Miguel Azaola, 2017
© Grupo Anaya, S. A., Madrid, 2017
Juan Ignacio Luca de Tena, 15. 28027 Madrid
www.anayainfantilyjuvenil.com
e-mail: anayainfantilyjuvenil@anaya.es

Primera edición: septiembre de 2017

ISBN: 978-84-698-3343-8
Depósito legal: M-4369-2017

Impreso en China - Printed in China

MIXTO
Papel procedente de
fuentes responsables
FSC
www.fsc.org
FSC® C005748

¿Qué te contaría si pudiera hablar?

Mick & Chloë Inkpen

Traducción de Miguel Azaola

ANAYA

Te achucho, te muerdo,
te lamo la cara,
la pierna, las manos,
los hombros, las gafas.

Escarbo en la alfombra,
me hundo en el sillón,
mancho la escalera,
vacío un cajón.

Escondo tu guante,
te robo un zapato
y hasta el calcetín,
que huele a ti tanto.

Y me dicen «¡Deja!».
Y me dicen «¡Suelo!».
Y me dicen «¡Busca!».
Y me dicen «¡Quieto!».

Pero ni estoy quieto,
ni sé hacerme el muerto,
ni traer la pelota...

Si persigo al gato,
trepa hasta una rama.
Yo muevo la cola...

... ¡y él casi me alcanza!

Van pasando días...
y no sé qué pasa
que cada mañana me escapo de casa.

Me escapo
de casa...

Me escapo
de casa...

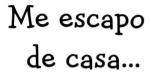

La valla está vieja.
La arreglaron hoy,
pero he visto un hueco,
¡así que allá voy!

El parque es **genial.**
¡Qué caca tan buena!
La miro, te miro,
me revuelco en ella.

Y me dices «¡Quieto!».
Y me dices «¡Basta!».

Yo corro hacia ti...

... ¡y también te escapas!

Persigo a los pájaros.

Persigo a una vaca.

PERO NUNCA
A UN
COCHE.

No me gustan nada.

«No puede quedarse»,

les oigo decir.

«No obedece a nadie.

¡Se tiene que

«No sabe

¡Se

ir!».

estar quieto.

empeña en salir!

Es terco, muy terco.

¡Se tiene que ir!».

Yo muevo la cola
 (pero no estoy bien).
Y tú me sonríes
 (con pena también).
Y me pongo triste
 porque tú estás triste.
Mueves la cabeza...

... Sentimos tristeza.

Me marcho de casa.

El cielo está negro.

Caen gotas de lluvia.

¡Estalla un

Y yo corro

gran trueno!

y corro y corro y corro y corro y corro y corro y corro...

... pero ya no vuelvo.

Es larga
  la noche.

Yo espero,
  aterido...

No duermo.
  Suspiro...

¿Vendrás
  a por mí?

No sé
  dónde estoy.
No sé adónde ir...

¡Ruum! ¡Ruu

¡Aquíí! ¡Aquíí! ¡Aquíí!

¡Guau! ¡Guau!

¡Piii! ¡Piii!

n! ¡Ruu

¡Guau!

¡Piii!

¡Rugidos, gemidos!

¡Ladridos, pitidos!

Tengo mucho miedo

porque me he perdido.

Pero, de repente,

silencio...

... ¡Has venido!

Y me has recogido.
  Me has llevado a casa
y, mientras me mimas,
  comparto tu cama.

Sin abrir los ojos,
  te oigo hablar de mí:
«¿Me lo quedo? ¿Puedo?».

  Y ellos dicen «Sí».

Yo huelo la lluvia
  y sueño con coches.
Y otra vez recuerdo
  ruidos de la noche...

¿Qué te contaría
si pudiera hablar?
¿Que ya nunca, nunca
me voy a escapar?

No tengo palabras
para decir cosas...
Lo hago a mi manera,
moviendo la cola.

No sé obedecer
ni al «¡Busca!» ni al «¡Quieto!»...

Pero eso no importa,
porque yo te quiero.

A mí, las **palabras**

o me dicen **nada.**

Cuando estoy contento,

brinco de alegría...

... y salto la valla.